청 계 천

바정진 | 시집

신세림

청
계
천

박정진 | 시집

<h1 style="text-align:right">서문</h1>

　지난해(2003년) 7월 1일 청계천 고가철거를 시작으로 청계천 복원의 대역사가 막을 올렸다. 청계천 복원은 단순히 하나의 개천이 복원된다는 의미가 아니라 일제 식민과 해방, 6·25, 그 후 4·19의거, 5·16혁명과 경제개발, 소득 1만 불 국가로의 진입에 이은 복지국가로의 신호탄이라는 점에서 의의가 크다.

　'사람 살만한 서울' '사람답게 사는 서울' '푸른 서울' '하이 서울(Hi Seoul)' 가꾸기는 시대적 과제이기도 하다. 언제부턴가, 아마도 국운이 기울어 우리가 못 살기 시작하고부터 청계천(淸溪川:맑은 계곡 같은 내)은 그 이름에

어울리지 않게 못사는 사람들이 사는 곳, 피난민과 하층민, 오갈데 없는 사람들이 모여 사는 어두움의 대명사로 변해버렸다. 또 전반적인 복개 후에도 고가도로 때문에 거대한 시멘트 구조물의 억압 밑에서 어둡기는 마찬가지였다.

한국도 이제 의식주에 급급한 '생활의 양'을 해결하는 나라가 아니라 국민소득 2만 불을 앞두고 '생활의 질'의 향상에 눈을 돌릴 만큼 성장했다. 그래서 서울의 중심을 흐르는 11km의 청계천을 언제나 맑은 물이 흐르고 새소리가 들리고 노래와 춤의 축제가 있고 낭만이 넘치는 곳으로 만들어야 할 전환점이 된 셈이다. 청계천에 물이 흐른다는 것은 상상만 해도 즐거운 일이다. 회색과 공해의 서울이 푸르름과 향기의 서울로 둔갑하는 대역전 드라마가 펼쳐지는 것이다.

청계천에 물이 흐르면 서울의 온도가 내려가고 공해가 줄어든다고 한다. 그런 수치가 아니더라도 단순히 청계천에 물이 흐르면 양쪽에서 나란히 서울을 동서로 가르고 있는 종로와 을지로에 물방울이 공급된다. 그렇게 되면 서울이 상쾌한 도시가 되는 것은 삼척동자라도 짐작할 수 있을 것이다. 청계천은 마치 스프링쿨러처럼 종로와 을지로에 수분을 공급하고 그 푸르름을 전염시키리라. 푸르름은 생명이고 생명은 바로 행복을 말한다. 그 옛날에 종로는 운종가(雲從街)라고 하였다. 청계천의 물기가 종로에 넘쳐 항상 구름이 형성되어 있었던 탓이다. 이제 그 날이 며칠 남지 않았다.

조선조 영조 때에 자연하천을 더욱 넓고 크게 파내어 직선의 물길을 내고 석축을 쌓고 준설하여 인공하천으로 만든 청계천은 그 후 도시개천으로서의 역할을 하면서 도중에 복개가 되거나 고가도로가 건설되는 등 여러 변화를 겪으면서 오늘에 이르렀다.

나는 이 대역사가 내가 살고 있는 시기에 일어났다는 사실에 시인으로서 흥분과 감동을 감출 수가 없었다. 이에 '청계천 종로 1번 가'라는 시와 '사라지는 청계 고가도로'라는 시를 즉흥적으로 쓰게 되었고 그 간의 시를 묶어『청계천』이라는 다섯 번 째 시집을 펴내게 됐다.

파리의 시가지를 흐르는 세느강은 적당한 강폭으로 인해, 또 시민들이 오랜 세월동안 가꿈으로 인해 파리시민들의 생활 가까이 밀착하여 문화와 예술을 만들어내고 파리를 낭만의 도시로 만들어내는 결정적 역할을 해왔다. 그러나 우리의 한강은 세느강에 비해 너무 크고 넓고 또한 도시외곽을 흐르는 관계로 생활 속에 파고들지 못하였다. 서울의 중심을 흐르는 청계천이야말로 세느강과 같은 역할을 하기에 충분하다. 우리가 얼마나 가꾸고 생활 속에 끌어들이고 문화적으로 고양시키느냐에 따라 얼마든지 서울변모의 지렛대 역할을 할 수 있다. 감히 서울이 문화도시, 서울이 웰빙의 도시가 되느냐, 마느냐 하는 운명이 청계천에 달렸다고 해도 과언이 아니다.

나는 시인으로 이 복원된 청계천이 서울의 자부심, 대한민국의 상징으로 자리잡기를 기원한다. 옛 서울에는 청계천과 14개의 지천에 약 200여 개의 다리가 있었으며, 그 중에서 이름과 위치를 확인할 수 있는 다리는 80여 개 정도라고 한다. 요즘에도 쓰는 광교, 장교동, 수표동 하는 지명은 바로 그때의 다리 이름에서 나온 것이다. 청계천 본류만 해도 태평로 부근에서 중랑천 합류지점까지 모전교, 대광통교(광교), 장통교, 수쬬교, 하랑교, 효겅교(세경다리), 태평교(마천교 · 오교), 오간수교, 영도교 등 9개의 다리가 있었으며, 모두 뛰어난 조형미와 역사성을 지니고 있었다.

청계천 본류의 다리들은 각기 사연들을 담고 있었다고 한다. 다리 모퉁이에 가게가 있었다는 모전다리, 도성 안의 가장 넓은 다리로 대보름에 다리밟기의 풍습이 성행했던 광통교, 개화기에 유대치가 살았다는 장통방의 장통교, 임금이 자주 건너다니고 정월 연날리기의 중심이었던 수

표교, 한양 도성의 일부로 임꺽정이 달아난 통로라는 오
간수교 등은 도성 안의 유명한 다리들이었다.

광교, 수표교 등 일부는 복원되고 일부는 새로 지어지고
하여 전통과 현대가 만나는 문화공간으로 청계천이 탈바
꿈한다고 한다. 새로 태어나는 청계천에는 총 22개의 다
리가 들어선다고 한다.

서울의 서북쪽에 위치한 인왕산과 북악의 남쪽 기슭, 남
산의 북쪽 기슭에서 발원하여 도성 안 중앙에서 만나 서
에서 동으로 흐르는 연장 10.92km의 도시 하천은 풍수지
리학적으로도 화기(火氣)가 넘치고 수기(水氣)가 부족한
서울을 중화시키는 역할을 하였다고 한다. 물(水)과 불
(火)의 조화야말로 만물의 생성소멸의 전부가 아닌가. 청
계천의 물이 보고 싶다. 문명의 화기에서 잠시라도 해방
될 수 있는 공간을 찾고 싶다. 이 같은 꿈을 담아 이 시집
을 낸다.

2004년 6월 화산정(華山亭)에서 중자(中子) 박정진

차 례

1. 청계천 종로 1번가

●차 ●례

3. 마녀 魔女

-서양화가 심영철(沈英喆)전시회를 보고

청계천 종로 1번 가

제1부

청계천 종로 1번 가

1.

종로 1번 가
내가 아름다운 것은
서울의 중심에 서 있기 때문
내가 환하게 빛나는 것은
대한민국의 중심에 서 있기 때문
중심에서 저절로 우러나는 노래와 춤
비바람이 불어도 그치지 않으리
난, 누드모델처럼 영혼을 한껏 뽐내며
사방 창을 열고 여기 서 있으리

2.

종로 1번 가
내가 투명하고 고즈넉한 것은
그대 옮을 미리 알고 기다리기 때문
그대와 마시는 커피 한잔
밥 한 그릇, 술 한 잔을
어이 다른 이에게 양보하랴

광교 밑 청계천에 비친
내 아름다움에, 온종일
나르시스 되어 흠뻑 빠지리라

3.

종로 1번 가
여기 젊은이들은 꿈꾸리
일제 때 협객 김두한
대한 남아의 기상을 떨치던 거리
3·1 독립만세 때는 보신각종 울리며
맨주먹으로 목이 터져라 외치던 거리
통일의 그 날엔 또 외치리라
6백년 종로, 억겁의 종로
영원한 풍류문화 신천지

4.

종로 1번 가

서울내기들은 하루 한 번씩 지나는 곳

시인묵객들은 시를 읊고 그림을 그리리

저기 날씬한 아가씨 종아리 좀 보소

저기 믿음직한 총각님 어깨 좀 보소

샹제리제 거리 파리지앵도 놀라네

맨해튼 월스트리트 뉴요커도 놀라네

낯선 이국인이여, 훔쳐보소

콧대 높은 서울내기들의 힘찬 발걸음을.

　첫 연은 청계천의 핵심지역인 광교와 수표교 사이에 서 있게 될 '종로 1번 가'라는 건물의 위치론과 함께 그 중심의 아름다움과 순수함과 강건함에 대해 노래한 것이다. 중심이라는 것은 그것 자체가 아름다운 것이다. 중심이 없다면 어떠한 것도 아름답지 않다. 사람도 중심이 서야 아름답고, 도시도 중심이 서야 아름답다. 그런데 청계천의 중심에 서 있는 '종로 1번 가' 건물은 최신공법을 자랑하는, 유리로 건물 전체가 둘러싸여 속이 훤히 들여다보이는, 누드빌딩이다. 아름다운 누드모델을 보는 즐거움이라면 누구나 마다하지 않을 것이다.

　우리 시대의 화두가운데 하나는 누드이다. 누드는 자연이면서 인간의 원초적인 모습, 꾸밈이 없는 순수와 야성을 동시에 상징한다. 인간은 누구나 이 둘을 동시에 가지고 조화를 달성할 때 행복한 것이다. 도시는 너무나 자연으로부터 멀어져 있다. 도시는 너무 거짓과 허위와 속임수로 얼룩져 있다. 이제 푸른 서울과 함께 보다 솔직하고 당당하고 자신의 몸을, 몸의 아름다움을 자랑하고 가꾸는 서울 시민이 될 것을 염원하였다. 이 누드빌딩은 오만할 정도로 자신만만한 서울시민들을 상징하면서 맑은 청계천에 그림자를 드리우고 서 있는 정적인 누드모델의 모습인 것이다.

　둘째 연은 이러한 푸른 도시에서 부단히 움직이면서 자신을 구가하고 살아갈 미래의 후손, 선남선녀를 생각하였다. 여기서 노래하고 춤추고 사랑하고 커피를 마시고 때로는 술을 마시고 시를 읊고 그림을 그리면서 자신의 행복한 삶에 흠뻑 도취되어 있는 모습을 상상하였다. 행복과 낭만이 넘치는 도시를 마치 아름다운 미녀가 맑은 물에 비친 자신의 영상을 보면서 나르시시즘에 빠져 버린 것으로 비유하였다. 인간은 누구나 나르시시즘에 빠진다. 자기혐오나 자기비하, 자기부정에 빠지는 것보다 얼마나 아름다운가.

셋째 연은 이러한 낭만과 평화가 있기까지 어두운 역사가 있었음을 상기하면서 더욱 훌륭한 역사를 이끌어가야 함을 주문하고 있다. '종로 1번 가'가 서울의 중심인 만큼 일제 때는 그 어느 곳보다 설움과 울분의 장소였을 것이다. 이것이 중심의 운명이다. 협객 김두한은 여기서 주먹으로 일본 사람의 코를 납작하게 하였으며 대한 남아의 기상을 잃지 않았다. 김두한의 아버지는 또한 독립전쟁의 금자탑인 청산리 전투의 영웅 김좌진 장군이 아닌가. 바로 '종로 1번 가' 구역에는 3.1운동을 상징하는 보신각 종이 있지 않은가. 또 3.1만세 운동의 진원지인 탑골공원이 지척에 있다. 종소리는 멀리 멀리 퍼져 억겁의 종로, 풍류문화 신천지, 억겁의 대한민국을 이루자는 염원을 담아보았다.

넷째 연은 이제 선진국으로의 발 돋음을 하고 있는 대한민국, 서울의 힘찬 모습을 노래하였다. 파리, 뉴욕 등 세계 일류 도시들과 어깨를 나란히 하면서 나아가는 서울, 세계 어디에 내놓아도 손색이 없는 서울--청계천이 살아난 서울, 맑은 공기, 푸른 거리, 녹음방초 속에서 물소리를 들으면서 아침 출근을 하고 저녁 퇴근을 하고 도시의 낭만을 즐기는 젊은 남녀의 모습을 노래하였다. 파리지앵과 뉴요커들에 못지 않게 서울내기들의 힘찬 모습, 아름다운 모습에서 긍지를 살려보았다.

사라진 청계 고가도로

지금은 까마득한 중생대
디노사우르스였던가, 그 괴물이
기다란 몸통에 수많은 갈비뼈
사이사이 날개를 달았지
아니야, 물을 품은 무서운 용이었어
새가 되기엔 몸이 무거웠던 너
우린 날마다 무서워 떨었네

맨 손으로 달려든 사람
몽둥이로 달려든 사람
돌을 들고 달려든 사람
화염병으로 달려든 사람
온갖 앙탈을 다 부렸지만
청계천에 40년 웅크리고 있었네
우린 은근히 뽐내기도 했지

지금은 까마득한 중생대
스테고사우르스였던가, 그 괴물이

철모와 철갑으로 중무장을 했지
우리 마을에 난데없이 나타났네
아니야, 불을 품은 용가리였어
말 안 듣는 놈, 게으른 놈 찾아
붉은 눈을 부라리며 혀를 날름거렸네

청계천 4가쯤이었던가
꽃다운 청년 대학생들이 쓰러진 곳이
청계천 5가쯤이었던가
아름다운 청년 노동자가 분신한 곳이
무서웠어도, 자랑스러웠어도, 이제는 추억거리
사라지면 보고싶다고, 사라지면 아름답다고
괴물을 그리는 처녀처럼 모였네

지금은 신생대, 신인류의 시절
사람들은 저마다 괴물을 추억하네
다리마다 모여 있네, 램프마다 모여 있네
잡아먹히지 않고 살려준 것만 해도
고맙다고 추억하면서
삼삼오오 수군수군 장삼이사 쑥덕쑥덕
빙하로 사라진 길동물을 추억한다.

첫째 연은 청계천의 거대하고 을씨년스런 모습이 마치 중생대의 사라진 길동물들은 연상하게 하고 있다. 개발독재의 상징이던 '청계 고가도로'는 이제 새 시대, '민주와 풍요의 시대'의 등장과 함께 사라지는 운명에 처한 셈이다. 그러나 청계 고가의 모습은 개발독재의 무서운 용, 예컨대 군사독재, 박정희로 겹쳐 왔다. 그는 비록 새가 되었는지는 모르지만 절대권력을 휘두른 용이었다.

둘째 연은 그 절대권력, 제왕적 대통령에게 맨주먹으로 자유와 민주를 위해 맨주먹으로 달려들던 서울 시민들의 모습을 그렸다. 거기엔 노동자도 있었고 학생들도 있었고 지식인들도 있었다. 때로는 맨주먹으로, 때로는 돌로, 때로는 화염병으로 독재에 맞서기도 했다. 그러나 그 용은 절대 권력 40년을 휘둘렀다. 더구나 그 용은 정치적으로는 압제, 독재의 원흉이었지만 경제성장으로 보면 결코 무시할 수 없는 성과를 거둔 우리 민족의 괴물이었다.

셋째 연은 둘째 연의 연장선에서 독재세력을 철모와 철갑에 비유하고 군경들과 그들이 사용한 총포를 용가리의 불에 비유하였다. 불은 산업화를 나타내고 또한 문명의 다른 단계로의 진입을 의미한다. 권력과 불은 언제나 없어서도 안 되고 너무 심하게 있어서도 안 되는 불가근 불가원(不可近 不可遠)의 존재이다.

넷째 연은 민주화 운동 과정에서 상처받고 희생당하고 숨진 아까운 젊은이의 모습을 추억하였다. 청계천 4가에서 벌어졌던 천일백화점 사건— 4·19 전날인 4월 18일 부정선거에 항의하던 고려대학교 학생들이 자유당의 정치깡패에 의해 집단폭행을 당한 사건—을 추억하였다. 또 개발이라는 미명 하에 인간이하의 희생과 착취를 강요당해야 했던 청계천 5가의 피복노조와 이에 분연하게 일어나 자기 몸을 분신하면서 우리의 잘못을 일깨운 아름다운 청년 노동자 전태일을 추억하였다.

다섯째 연은 역사의 뒤안길로 사라지는 '청계 고가도로'가 비록 독재와 개발 시대의 유물이지만 그래도 사라진다고 하니 사람들이 삼삼오오 모여서 추억하고 아쉬워하는 풍경을 그렸다. 역사는 항상 이중적이다. 이제 청계천 복원과 함께 우리는 개발과 독재, 민주와 자유를 한꺼번에 품에 안고 넘어가는 역사의 확대재생산의 길로 매진하자는 뜻이 포함됐다. 이는 역사의 양시론(兩是論)이기도 하다.

음악에

음악,

너는 이름 없는 꽃의 향기다

가장 본질에 가까운 피조물이다

가장 가벼운 영혼의 비상이다

왈츠의 옷을 입든

행진곡의 옷을 입든

세레나데의 옷을 입든

너는 변함이 없다.

너는,

이름 없이 왔다가 날마다 새 이름을 달고

훌쩍 떠나버린다.

너의 떠난 자리에

빈 채로 있다가

다시 시원한 빗줄기를 기다린다.

아무리 분주하게 치장을 해도, 난

너의 변주이거나 너의 껍데기에 불과하다.

록큰롤의 옷을 입든
블루스의 옷을 입든
재즈의 옷을 입든
안단테로 오든
알레그로로 오든
난 상관하지 않는다.
생긴 그대로 고스란히 너를
게걸스럽게 먹고 마시고 춤춘다.

내가,
때때로 울고불고하면
명상처럼 다가오고
내가 염불처럼 앉아있으면
차 향처럼 스며든다
그때 난
하늘과 땅이 맞닿는 환희를 맛보지만
그대는 내 것이 되기를 거부한다.

판소리 계면조(界面調)의 옷을 입든
시조창 우조(羽調)의 옷을 입든
슬픈 트롯의 옷을 입든

너는,

처음부터 영원인 것 같다.

깊은 바다 속에 잠겼다가

언제나 마음만 먹으면 하늘로 비상하는 그런……

천지창조의 닮은 꼴

넌 이제 향기로만 맴돈다.

너의 깊은 내장에 코를 박고

사물을 탐색하는 어느 시인처럼

너를 호흡한다

그러면 너는 별들이 오손도손 살아가는 마을에서

무도를 시작한다.

날마다 샘에서 너를 한 두레박씩

잣아 올린다.

대모산 大母山

1.

대모산 꽃피면 내 마음 꽃피네

대모산 눈 나리면 내 마음 눈 나리네

내 아침은 너를 오르는 일

내 저녁은 너를 꿈꾸는 일

너와 더불어 늙어 가면

하나도 슬프지 않네

벗이여, 풀 한 포기라도 뽑지 마소

벗이여, 꽃 한 송이라도 꺾지 마소

그대로 우리 아이들에게 물려주어

날마다 오르고 또 오르세

이보다 더한 유산 없으리

이보다 더한 보람 없으리

큰돈보다도

큰집보다도

우리 삶 온통 감싸주며

높지도 않고 낮지도 않게
평평히 누워있는 저 어머니!
천년만년 함께 하세

여기 노래하는 사람
여기 기도하는 사람
약수 길러 오는 사람
말없이 산등성이 오르는 사람
언제나 꽃향기 새소리
우리 영혼 씻어주네

금강산(金剛山)아, 부럽지 않다
설악산(雪嶽山)아, 부럽지 않다
일용할 양식처럼 우리 옆에 늘 있는
적당하게 아름답고 적당하게 살찌고
적당한 거리에 있는 그대는
알토랑 아낙 같은 산

2.

대모산 가슴은 울 어머니 가슴
대모산 계곡은 울 어머니 계곡

물이란 물 모두 약수로 변해
무진장 흘러내리고
주말이면 시장서는 것 같은 산
옛 약수터, 임록천, 옥수천

봄이면 진달래 붉어 설레고
산수유, 개나리, 은방울꽃
뻐꾸기, 딱따구리, 산까치
아카시아 향기 진동할 땐 옛 님을 그리고
밤꽃 향기 가득 찰 땐 길 떠난 낭군 그리네
한여름 짙푸른 그늘 동네아낙들 낭랑한 목소리

가을이면 머리 위에 투닥투닥 떨어지는 밤송이
청설모와 다투며 알밤 줍는 아이들
단풍 사이로 불국사 염불소리 애잔할 즈음이면
어느 덧 골짜기마다 백설이 빛나네
빛나는 하얀 등줄기 가쁜 숨으로 오르면
모든 욕망과 삶의 찌꺼기 저절로 토해지네

손 내밀면 언제나 가까이서 손 잡아주고
하릴없어 오르면 이내 말동무되는 넌

우리의 수호천사

전날 술로 못다 달랜 시름을 마저 하게 하고

새로운 마음으로 하루를 시작하게 하는 넌

보약 같은 산

눈 감고도 갈 수 있는 산

눈 감고도 훤히 볼 수 있는 산

언제나 옆에 있기에 무덤덤할 때도 있지만

있을 건 다 있고

볼 건 다 있다네

그리고 책 읽는 사람도 있다네.

시는 나의 힘

시는 나의 힘

존재하지 않고도 살아갈 수 있는 나의 힘

슬프거나 기쁘거나

그것으로부터 벗어날 수 있는 나의 힘

사랑할 때나 헤어질 때나

그것에서 만족할 수 있는 나의 힘

내가 너의 눈을 바라보고 시를 쓰거나

너의 눈에서 사물을 바라보고 시를 쓰거나

탓하지 않는다

그래서 시는 영원한 나의 힘

그림자 같은 나의 노예

면류관을 쓴 나의 영광

오직 너를 볼 때 난 신을 느낀다

그 나머지는 믿을 수 없다. 뮤즈여!

존재하고 있는 모든 생명을

너의 호흡과 숨소리로 들을 때만이 난 안심할 수 있지

하얀 이빨을 드러낸 피아노의 가지런한 반주

비늘 같은 하루하루를 주워 목청을 돋구지만

누구의 십자가냐고 묻지도 않네

그래도 난 노래할 수 있네

슬픈 십자가의 네 노래를

심호흡을 하고 다시 노래하여 줄 수 없겠니

시는 나의 힘, 유령 같은 나의 힘

세상에 태어나 맛보는 최소한의 보람

네 노래, 네 숨결, 네 옷깃 스치는 소리

꿈꾸는 자의 슬픔이라면 슬픔이라도 괜찮지

노래하는 자의 슬픔이라면 슬픔이어도 괜찮지

남들은 교회의 종소리에 신을 느끼지만

난 네 하얀 발꿈치를 힐끗 힐끗 훔쳐보면서

살맛을 느낀다네, 미친 듯 자판을 두드리며

마치 쇼팽이 소나타를 치듯이 두드릴 때

넌 한 줄기 놀라운 싯귀가 되어 울음을 터뜨리네

내 구원의 교향곡, 내 구원의 소리

자판을 두드리기 전까지

존재하지 않았던 것들이

그 두드림과 더불어 눈물을 흘리면

어디선가 힘이 솟네, 뮤즈여!

난 네가 이름을 숨겨도 이미 알고 있네

네가 세상에 태어나 한 줄기 바람이 되고 싶은 줄

아네, 시는 나의 힘

종이 위의 마술, 자판 위의 힘

너를 새로 배열하면서 원망하지 잊을 수 있지

시는 나의 신, 용솟음치는 나의 힘

절망과 망각 속에서도 뛰쳐나갈 수 있는 힘

훌훌 세상을 털고 떠나갈 수 있게 하는 힘.

이 가을에

이 가을에 한 잔의 차를 마시고 싶다.

차는 커피라도 좋고

따근한 녹차라도 좋다.

기다리는 시간 짬을 내어

무엇이라도 마시는 휴식의 서성댐

그것은 구원과도 같다

영원을 꿈꾸지 않더라도

안식을 지상에서 겸손히 도모하며

입은 차를 마시고

눈은 창을 너머 거리의 어슬렁거리는

사람들을 바라보며 되씹고

어딘지 닮은 사람들……

가을의 차는 어떤 차라도 낙엽맛이다.

이 가을 이슥한 밤엔 춤을 추고 싶다

낯모르는 여자라도 좋고

한 때 사랑했던 사람이라도 좋다

춤도 블루스에서 왈츠로

짧고 가볍게 깊고 무겁게

유혹하면

그런 대로 가을은 위로 받으리

다시 한번

용수철처럼 톡톡 튀거나

흐느적거리며

삶의 몸뚱아리를 부여잡고 하소연하듯

리듬을 밟으리라

머리는 황혼을 담뿍 받으며

빛나는 이마들을 마주 대고

가을의 춤은 언제나 낙엽의 춤이다.

바람이 불 때마다 포도를 메워가다

어디론가 황급히 달아나는 존재들

물끄러미, 물끄러미

낙엽을, 행인을, 시간을 타고 내리면

미끈하게 빠진 처녀의 종아리처럼

사라지기엔 지상이 너무 아쉬운 발걸음들

누가 좀 쉬었다가 가라고 잡으면 누구라도

친구가 되고 싶다

누구와도 이야기하고 싶다

이 가을에 사라지는 발걸음의 쟁쟁한 소리가

잠을 설치게 하고

거짓의 봄이라 할지라도

너를 속이고 싶다

다시 돌아오마 기약하고 싶다.

죽음은 언제 와도 좋은 것

죽음은 언제 와도 좋은 것

준비 없이 와도 좋은 것

삶은 언제라도

아쉽고

낯설고

언제나 기약 없고 막막하지만

그래도 죽음은

언제 와도 좋은 것

살려달라고 애원하는 건

산 자의 심각한 상처

오만한 행보로 맞서야

너의 머리를 조아리게 할 수 있지

죽음은 언제 와도 좋은 것

세 살 배기의 눈웃음과 얄밉게 내민 젖니처럼

와도

너를 보물처럼 안고 볼에 입맞추고

되레 너를 위로하리라.

높은 정신이라는 것

높은 정신은 왜 가만히 있는가
바다는 왜 높은 하늘에게
파도를 감추는가
산은 왜
초록과 단풍을 감추고 무표정인가
높은 정신은 왜 정지되어 있는가
구름은 왜 요지부동의
산을 설레게 하지 못하는가
바다는 왜 섬을 감동케 하지 못하고
밤낮으로 그 앞에서 안절부절인가
파도가 있음으로 하늘이 거만한가
하늘이 있음으로 파도는 출렁이는가
구름이 있음으로 산은 자족한가
산이 있음으로 구름은 떠다니는가
너는 높은 정신
나는 너를 보는 설레임
우리는 언제나 하나처럼 함께 있지만
사람들은 언제나 우릴 떼어놓는다.

섬

파도는 치솟고 부서지지만
너를 삼키지 못한다.
바다를 닮아 평평한 허무함.
바다 길목에
등대를 앞세우며
밤이면 하얀 불꽃으로 바다를 가로지르지만
그 끝없음에 더욱 외로워진다.
넌 바다의
응집인가
터짐인가
자유인가
고독인가
비명인 듯, 환호인 듯
바다가 좁다가 하늘로 치솟는
파도를 잠재우고
허물어지는 수평선 그 자리에
고래의 물기둥을 바라보는 너.
등대의 빛을 따르다가

일출과 더불어

완전히 소생해

육중한 몸을 날마다 다시 바다에 띄운다.

너는 단지 육지에서 떨어져 나감이냐?

연장이냐, 그 숨김이냐?

아니면 육지로부터 버림당한

검은 바위꽃이냐?

너의 몸엔

새들이 떼지어 산다.

너의 몸엔 어둠조차도

숨을 죽인다.

불타오를 일만 남았다.

탕평 蕩平

나는 지구를 망치로 쳤다.

탕 탕 평 평

누군가가 저 편에서 걸어왔다

나는 어느 길도 택하지 못하고

불안과 망설임으로 숨을 죽였다.

아무 소리도 지르지 못하는 동안

탕 탕 평 평

그 소리가

땅속으로 잦아졌다.

지렁이나 땅강아지조차 반겼다.

어둠은 처음부터 탕 탕 평 평

이었다고

귀에 울렸다.

난 숨을 죽였다.

하늘에서도 탕 탕 평 평

새로운 지붕이 빛을 타고

찬란히 솟아올랐다.

함박눈

함박눈이 내리면

마음은 촛불을 켠다

마음은 그래서

먼 먼 동화의 나라를 헤매고

깊은 내면의 초가(草家)

고드름 물 떨어지는 소리

함박눈으로 내리는 어머니

자욱한 메아리

함박눈이 내리면

보리 고개 때 돌아간

어머니 무덤도 따뜻하다

차갑고 흰 그 모습을 보고

마음은 되레 따뜻해지는

어머니!

말이 소용없음을 느낄 때

말이 소용없음을 느낄 때

난 나를, 인간을 멀리 보냈다

절망조차도 감각을 세우지 못하고

지푸라기만 엉켜

그대 진실의 목소리가

나를 더욱 거짓으로 몰아 갈 때

단두대에 섰다.

서슬이 퍼런 거리의 칼날들이

포도 위 곳곳에 걸리고

실오라기 같은 숨을 쉬며

사랑은 인생의 꽃이라고

되뇌었다.

나무는 항상 꽃을 달고 있지 않다고

나무는 항상 꽃을 달고 있지 않다고

위로한다.

우리가 진실할 수 있었던 것은 행운이었다고

행운이었다고 고함을 쳐본다.

진실은 행운이라고

말의 소용없음을 쓰다듬는다.

말들은 원래 모래알처럼 이리저리 몰려다니고

난 전화통에서조차 너의 이름을 부를 수 없다.

말이 소용없음을 느낄 때

우린 스스로에 절망하며

이름 모를 그 사람을 찾아

다시 거리를 헤맨다.

누구도 구원이 되지 못할 때

누구도 구원이 되지 못할 때

난 너의 이름을 나직이 불러본다

난 너의 이름에서

다시 봄의 풋풋한 냄새를 맡고

여름의 녹음을 덮고

가을의 단장을 하며

지금, 이 겨울의 눈이

하얀 백지처럼 다가올 때를 미리 기다린다.

누구도 구원이 되지 못할 때

난 당신을 다시 떠올린다.

당신의 이름으로 세상이 가득 차기를 기원한다.

더 이상 말로 할 수 없다

더 이상 당신에 대한 느낌을

말로 할 수 없을 때

차라리 겨울 국화꽃이 화사하게 꽂힌

꽃병을 가리키던가

태풍을 숨기고 있는 여름을

펼쳐 보이던가, 한다.

욕망은 더 이상 말이 아니고

사물이기에

백합의 목덜미나

얼음의 살빛

장미의 커피 맛을

함께 하는

그런 당신을 그리고 싶다.

당신은 이미 말이 아니고

난 어떤 말도 모르기에

어떤 사물이라도

목숨 바치는 인연으로

당신에게 바치고 싶다.

네 영혼은 지금 당신의 침묵을 기다리고 있다.

문법의 긴 행렬, 적막강산(寂寞江山)

갑작스런 깨어짐을 위하여

갑작스런 비상을 보기 위하여

우리는 존재한다.

새로운 여자,

바람난 여자를 기다린다.

~~늙은~~ 시인의 수상소감

한 때 시를 쓰면
밥 먹는 것은 저절로 해결되는 줄
아는 때가 있었어요
시를 먹고사는 디노사우르스
거대한 몸집의 초식동물 앞에
풀은 지천으로 널려 있었으니까요
그 땐 연필만 들면
시였고
사물들은 동물로 변해
노루, 사슴, 토끼, 꿩
사냥감들이 즐비했어요
마치 로마의 식도락가처럼
목구멍에 손가락을 집어넣어
맛있게 삼킨 산해진미를
토해내느라 바빴어요
밥이 해결되는 줄 착각할 때는
시를 쓰며 밥을 생각한다는 건
모독이었어요

세상에 이보다 더한 모독이

또 있었을까요

어느 날 그 착각의 꿈이 사라지고

시는 수증기처럼 증발하고

밥만이 누구도 기다리지 않는 식탁에

홀로 을씨년스럽게 오래오래

남아 있었어요

밥이 해결되면 시를 쓴다고

웅변하던 때도 있었지요

그렇게 날조된 사실을 후손에게 유포할 순

없지요

시가 밥이라고 죽자 사자 매달리면

밥은 밥이지요

눈물의 밥, 피의 밥, 배반의 밥…

서산대사께서 '하늘의 음식'을 내다

먹었다는 전설도

저 앞 나지막한 산등성이

소나무 위에 걸린답니다

이제 시가 물처럼 느껴지고

이제 시가 공기(숨)처럼 느껴진다면

이 상을 제가 받아도 될까요

나의 이름이 붙은 시가

단 한편도 없이

여러분의 시라면

이 상을 제가 받아도 괜찮을까요

이제 시를 쓰면

밥 먹는 것은 저절로 해결되지 않는다는

사정을 안다면

제가 성숙했습니까

이미 늙었습니까.

주술 呪術

사물의 출발은 공평하다

길동물이 있고

나르는 새가 있다

움직이는 근원은

텅 빈 공간 그 자체와

사물사이를 오가는 깃털의 호흡

그 다음은

언어와 이미지의 비약

눈속임이 보여주는

잃어버린 공간 그 자체와

자유로움

시인들의 집은 그 사이에 있다

시인들은 말에 관심이 없다

말의 새로운 조합이 빚어내는

바람, 바람에서 솟아오르는 환희

이미지들의 변신술에 현혹 당한 자이다

생명, 자체에 대한 신봉자들이다

공평한 사물에서

수직의 상승과 영혼의 계급을
만들어내는 자이다. 그러나
그 아스라한 층계에서 낙하를
두려워 않는 자들이다
불에 뛰어드는 새들이다
불을 품고 다니는 이미지들이다
시인들의 언어는 아무 의미도 없다
군더더기처럼 사물의
누추한 그림자일 뿐이다
그림자는 집이 없거나
누구의 집일 뿐이다.

반反 십계명

모세는 시나이 산에서
십계명을 가져왔다
하늘에선 번개와 천둥이 몰아쳤다.
십계명이 우리들의 땅에서
고공낙하 훈련을 하는 동안
골절상과 혈관손상, 신경장애로
이제 횡설수설하게 됐다.
신반포 '천국의 문' 교회
박 목사님은
십계명의 언간(言間)에서 제멋대로의 해석으로
고공비상 훈련을 했다.
활주로엔 활자라는 장애물도 없이
탄탄대로, 종횡무진이었다
땅에서 보는 하늘은 언제나
추락의 두려움을 주지만
하늘에서 보는 땅은 수시로
기쁨뿐이다
날개의 기쁨은 무엇일까

박 목사의 십계명판에서
글자는 달아났다
중력의 불안도 없다.

새앙쥐의 허공 여행

텅 비어 있다.
새앙 쥐가 송곳니를 깎느라
밤새 달그락거리는 소리마저
내 몸엔 없다.
그렇게 처연한 빈 것이
하늘에만 걸리는 줄 알았는데
노자(老子)는 사물의 수평선에서
긴 고동을 뿜고 가물거리는
이별을 볼 뿐이다.
우린 그렇게 헤어졌었지?
그래 그 친구는 옛이야기 하듯
갯가에 소라처럼 몸을 틀고 있다.
물망초는 물망초대로
수선화는 수선화대로
장미는 장미대로
물가나 길섶에 버려져 있다.
이렇게 바쁘게 돌아가는 세상에서
6·25동이가

굶주린 배를 움켜잡고

무지개를 그렸던 눈빛은

차라리 축복이듯이.

처음부터 넌 비어 있었다

때문에 별들은 빛을 반짝이면서

궤도를 만들고 미련 없이

사라질 수 있다

강태공(姜太公)은 배꼽에

낚시바늘을 드리우고

이 놈은 천왕성

저 놈은 해왕성이라 했던가

처음부터 너는 춤을 추었다.

바람난 여인처럼 세상이 좁다고

쏘다녔다. 그런 것일 뿐……

우리들의 식탁

내가 대구(大邱)고등학교에 다닐 때

물리시간은 참 고통스러웠다

원심력과 구심력이 같아야

사물들은 궤도의 운동을 한다고

선생님은 말씀하셨다

그때 도무지 지진아였던 나는

오늘날 식탁에서도 여전히 지진아다

우리 부부의 대화는

언제나 달아나던가 추격하는

그런 일직선상의 모습으로

지그재그 운동을 한다

중심은 없는 채 분주하기만 하다

주변들만 있을 뿐이다

식탁의 주변엔 아이들마저 먼지처럼

조잘거릴 뿐

아무도 중심이고자 하지 않는다

선생님, 선생님!

'우리별 1호'엔 이상이 없나요

이렇게 돌기만 하면 되는 건가요

움직이지 않는 식탁엔

원심력만 무성히 자라난다.

사람은 나면서부터 운다

사람은 나면서부터 운다
삶의 뿌리가 울음인 때문일까
삶의 샘이 울음인 때문일까
소리의 최초가 울음인 때문일까

사람은 나면서부터 운다
배우지도 않은 울음을
영문도 모른 채 운다
배속 어둠의 물 속에서 나온 때문일까

봄 속 깊은 곳에서 솟아나는 울음은 짐짓
웃음의 가면을 쓰고 해해거리지만 언제나
살며시 흐느끼거나 별안간 통곡할 준비가 되어있다
깊이를 모를 어머니를 닮은 종소리의 울음이여

발바닥에서 짓눌린 소금기 저린 울음
종아리에서 비틀린 뼈마디 쑤시는 울음
엉덩이에서 터질 듯 미쳐버린 희열의 울음

가슴에서 사무치는 죽은 님 부르는 초혼의 울음

뇌리에 숨어 소리 죽여 흐느끼는 울음
온몸으로 쏟아내는 혈육 찾는 초상집 울음
배우지도 않은 이런 저런 울음에 익숙한 까닭은
삶의 뿌리가, 삶의 샘이 처음부터 울음인 때문

눈물바다는 누구나 건너는 저승 가는 길
울음의 가장자리에 희미하게 비치는 웃음
웃음의 가장자리에 불현듯 일렁이는 울음
우린 울면서 났다가 울음으로 전송 받네

집필실 시대

은둔하기엔 좀 이르지만 은사(隱士)되어
초로(初老)에 집필실을 드나들게 됐네
프레스센터(한국언론재단) 1406호 연구집필실

사람들은 말하리라. 그 옛날 집필실이 있었노라고
6.25 피난시절, 부산 남포동에 예술인들의 밀다원시대
(密茶苑時代)가 있었듯이
IMF 명퇴시절, 서울 태평로에 언론인들의 집필실시대
(執筆室時代)가 있었노라고

뭇사람들은 광화문, 세종로, 태평로 메우며 축제에 들떠
북, 꽹과리, 장구 치며 날마다 거리를 출렁이는데
두문동(杜門洞) 72현처럼 세상에 불출을 작심한 집필실
회원들

축 처진 어깨에 힘없는 걸음걸이로 세상에서 물러섰지
만
날마다 눈동자는 살아있어 무언가 쓰면서 나아갔다네

아마도 옛 민담이나 전설도 이렇게 만들어졌으리라

오갈 데 없는 사람들이 모여 우연히 진솔하게 내뱉는
이해타산 없는 구슬들이 모여 경전이 되었으리라
은사들의 글 쓰고 열독(熱讀)하는 모습 부처님 같네

우연히 짜여진 대낮 노래방은 신선들의 즉흥 놀이판
옛 가락은 남아 있어 신명을 불러 가무를 재현하니
여보게, 불로초 신선들 바다건너 탐라국에서 찾지 마소

기생이란 기생, 한량이란 한량 여기 다 모였지만
고담준론, 무용담, 연애담은 끼여들 틈이 없소
쟁쟁한 책들만이 심심찮게 종소리 마냥 울려 퍼졌소

거북이

6·25때 난 포탄이 빗발치는 속에서 어머니의 피 흐르는 등에 찰싹 붙어 엎드려 있었다. 나의 모가지와 사지는 겁에 질려 철갑 속으로 온통 들어가 있었다. 철이 들어 상아탑이란 데를 어슬렁거리면서도 난 언제나 구경꾼이었다. 한 나무 그늘에서 쉬지 못하고 뙤약볕을 맞으며 이 나무 저 나무를 쉬임 없이 다니고 땀 꽤나 흘렸다. 눈은 언제나 멀뚱한 채였다. 결혼이란 걸 두고도 그러했다. 많은 소녀들이 스쳐갔지만 바짝 달라붙지 못하고 사랑이란 것도 중매결혼을 한 후 새끼 몇 낳고 알아챘다. 그러나 난 산 정상에 있다. 정상엔 땀을 식히는 산들바람도 분다. 이심전심으로 통하는 친구들도 있다. 무엇보다 나와 꽤나 닮은 종자(種子)들의 보행법을 보고 염화시중의 미소지을 수 있어 즐겁다. 그런데 철갑이 무거워 뒤로 나둥그러지면 일어나지 못한다고 하는 친구의 경고를 가슴에 품고 다닌다.

절정

죽음이 있어

세상은 더 아름답다

노을이 있어

우리의 향수는 더 진하다

죄악이 있어

우리는 천국의 문에 가까이 간다

여인이 있어

우리의 생명은 더욱 깊어진다

여인들은 그런데 가장 행복할 때

'죽고 싶다'고 한다

남자들은 죽을 자리를 찾을 때

가장 행복함을 느낀다

나와 네가 하나라면

가장 확실한 둘이 될 수 있고

가장 완벽한 하나가 될 수 있다

만남과 이별이야말로

가장 빛나는 비약이다

절망이며 절정이다

누군가가 죽음 뒤를 훔쳐본다면
얼마나 실망할까
그 큰 의미 뒤의
보잘것없는 세상사가
그러나 그 작은 행렬 뒤의
살아나는 의미들을 바라보며
때마다 절정을 느낀다
빛나는 일상의 폭포를 지키는
청동의 이름 모를 새여
그 자리가 무덤이 되어도
세상은 밝기만 하다
동시성의 두 얼굴은
그래도 절망보다는 절정을
얼굴로 내세운다.

여기 한 여걸이 잠들다

여기 야트막한 언덕에

이름 없는 여인이 잠들고 있다.

먹고사는 일에 평생을 바쳤지만

생의 박진감은

천지창조보다 더 넓고 가없어

못난 자식 객사(客死) 덥석 먹고 간

그녀는 찬란한 낙조처럼 하늘가에

작은 육신은 이제 산산이 부서지고

가루가 되고 티끌이 되었나니

마지막 한 방울 피와 한 조각 살점도

산화해 눈부시다

줄 것도, 받을 것도 없는 손익계산서의 반원형 무덤

균형의 정점에서 마지막 한 숨을 쉴 때

지구는 잠시 흔들렸다.

주름의 사이사이에서 부는 바람은

다가올 여름의 태풍을 기약하고

삼복더위에 먼 길을 떠나는 까닭은

긴 긴 겨울을 준비하기 위해서인가

당신을 위해 땅을 파는 곡괭이 소리는 무겁지만

영면의 평화를 위한 전주곡

흙으로 돌아가는 길에 흙을 뿌리고

작은 돌을 골라내는 까닭은 저 세상에서도

이 세상처럼 돌이 박혀 신음하지 말라는 뜻이다.

차라리 큰 묘비처럼 그 자리에 영원히 박혀

말없이 빛나거라

햇빛 속의 아침 안개는 언제나 비석을 감싸고

너의 천년의 집 주위를

떠도는 생명의 감촉

아름다운 사람이여, 여걸이여

이제부터 안식의 숨을 쉬리니

여기 야트막한 언덕에

성서가 자라고 하늘로 올라간 신화는

천년 후 다시 비처럼 내리리라

너무도 작고 작은 일상사의 소중함을 위해

여걸이라는 칭호를 붙여본다.

이 시는 경북 의성군 금성면 만천(晩川) 어머니 묘소에서 썼다.

투명한 그대

언젠가 그대를 본 것 같다

첫 상봉에서 우리는

온몸이 흐트러지고 허물어지고

하나의 리듬으로 변했다

차마 아는 체를 못하고

언젠가를 기약하며 서로를 비추었다

그저 온전한 몸으로

각각의 코러스 속에서

오직 살아 있다는 촉각만으로

좋았다

그대는 나를 예언하고

나는 그대를 위해 미래를

고스란히 남게 둘 요량이었다

만다라의 거울처럼

찬란한 반사에 눈이 시려

잠시 눈을 감았다

그러면 더 황홀한 그대의 달콤한 맛

나의 내면 깊숙이에서

오롯이 그대는 솟아나고 있었다

교회의 첨탑처럼 그대는

반쯤 구름에 가려있었다.

조화

나무 잎들은 파르르 떨고

바람이 불 때마다

그 위를 날쌘 제비가

타원형을 그리며 유유히 날고

그 너머 하늘 깊은 곳엔

흰 구름이 꿈꾸는 듯 박혀있다

동(動)에서 정(靜)으로 향하는 층계

건반의 하얀 이빨들 사이로

낯선 교향악이

한없이 한없이 정적을 만든다

나무 잎들은 파르르 떨고

그때마다 맥박에선 탄성이 흘러나온다.

내 호號에 대한 소감

내 호(號) '수원'은

한글로는 한 음이지만

한자로는 네 가지 뜻이다

첫째가 수원(守園)이니

정원을 지키겠다는 뜻이다

여기서 정원은 낙원(樂園)의 의미도 있고

지구(地球)의 의미도 있다

둘째가 수원(守圓)이니

원만함을 지키겠다는 뜻이다

여기서 원만함은 원(圓)사상과

순환사상을 말한다

하나이면서 또한 전체를 뜻한다

세 번째가 수원(守元)이니

으뜸과 시작을 지키겠다는 뜻이다

네 번째가 수원(守遠)이니

영원을 지키겠다는 뜻이다

시작과 영원은 하나이다

'수원'을 문화적으로 풀면

수원(守園)은 예술을

수원(守元)은 종교를

수원(守遠)은 학문을

수원(守圓)은 문화의 통합을 나타낸다

'수원'을 종교적으로 풀면

수원(守園)은 기독교를

낙원의 회복을 뜻하고

수원(守圓)은 불교를

미륵의 환생을 뜻하고

수원(守元)은 새로운 종교의 시작을

수원(守遠)은 선교(仙敎)의 영생(永生)을 뜻한다

또 한가지 사연이 있으니

수원(守園)은 춘원(春園)으로부터

4대째 내림이다

2대가 소원(韶園)이고

3대가 취원(翠園)이다

내 고향은 춘산(春山)이다

경상북도 의성군(義城郡) 춘산면(春山面) 옥정동(玉井
洞) 553번지

춘산(春山)이야말로 봄동산, 낙원이 아닌가

산(山)사람, 산인(仙)이 사는 곳

정원이라는 원(園) 개념보다는

산(山) 개념이 훨씬 넓고 높고 탁 트인 개념이다

산(山)의 축소판이 원(園)이다.

수서공원에서

봄비가 오는 날이면
사물들은 차분히 가라앉아 비를
음미하고 있다.
정적이 감도는 공원 한구석엔
애무의 손길에 떠는
여인이 있는 것 같다.
누가 알까봐 오열할 수도 없는
그런 정제된 흐느낌이 봄비에 젖어
한없이 한없이 흘러간다.
언젠가 잊어버린 네 음성이
되살아나고
가라앉다 못해 사라지는 사물들 사이로
되살아나는
개나리 진달래…… 이름 모를 봄꽃들
봄비가 오는 새벽에 남몰래
수서공원을 찾으면
낮 동안 붕붕 뜨던 먼지들은
지금

봄비의 세례를 받아

꽃으로, 잎으로, 줄기로 숨어 들어가

본색을 드러내고 있다.

아, 가라앉는다는 것은 좋은 일이다.

낮아질수록 춘색은 더욱 또렷하고

지상의 것은 더욱 정겹다.

내리는 것이 있으면

가라앉는 것이 있다.

가라앉는 것이 있으면

회상되는 것이 있다.

밖으로 내 품는 회상이 빛이라면

안으로 응결된 회상이 봄비이다.

서울 강남구 일원동에 있는 동네 공원. 현재는 '늘푸른 공원'으로 이름이 바뀌었다.
중동중학교와 일원초등학교 사이에 있는 공원으로 나는 공부를 하다가 피곤할 때면 이곳에서 산책하는 것을 즐겼다. 이 공원에서 「논어」와 「맹자」를 외웠다.

죽림칠현 竹林七賢

먼지가 사방을 뒤덮고

나는 속수무책으로 클락션만 눌러댄다

청산은 어디 갔노

내 쉴 대나무 밭도 없으니

현자는 하수구 똥구멍이나 빨아야한다.

'청소부가 된 성자이야기'가 회자되어도

별로 감동이 없는

마른 수수깡 같은 나날들.

이우지혜 以愚知慧

참으로 어리석음을 알게 되니

지혜가 남의 것인가 싶다.

하늘이 어여삐 여긴 것이 아니면

도저히 이해할 수 없는 일,

가장 어두움과 가장 밝음을 함께

내려다보니 오직 나뿐이다.

지금껏 어리석음이 지혜를 이끌어왔지만

이제부터 지혜가 어리석음을 대신할 것이다.

이 길도 예전처럼 하늘이 지켜주면

더 이상 바랄 게 없다.

중미산仲美山에서 암사슴을 보았네

중미산(仲美山)에서 암사슴을 보았네

암사슴은 그 자리에서 평생을 기다렸다네

긴 목에 매끈한 종아리를 하고

뽐내며 도도한 모습으로 님을 기다렸다네

깊은 암내를 누가 알까.

해마다 춘풍이 불면 그 자리에서

서성댔지만

올해는 알몸으로 상처 날지라도 넘어지려네.

아름다운 님 만난 때문이라네

사람 가운데 아름다운 님 있으면

누가 주인으로 섬기지 않으리.

중미산 암사슴은 참으로 중앙이 아름답다네.

민추소감 民推所感

금세기는 시종 진정한 이웃이 없었지만

민추에서 함께 배우고 본분에 진실하였네

신유학에 접근하여 생기를 북돋우고

옛 범례를 보존하여 후세에 전하리라

사대를 탈피하면 남북이 합하게 되고

자강불식을 하는 것은 성과 정의 보배

미망에서 벗어나 깨달음은 당연한 귀결

안팎으로 혼융하니 만사가 가까이 있네

(今世始終無信隣

民推同學本分眞

新儒接近滋生氣

古例保存傳後人

事大脫皮南北合

自强不息性情珍

轉米開悟當然結

內外渾融萬事親)

늙으면 모두 거지다
-탑골공원 비둘기

종묘에서 탑골공원까지
자욱히 늘어선 비둘기
지천꾸러기 비둘기

정답던 암수는 어디 가고
과부 비둘기
홀아비 비둘기

새끼도 없는 비둘기
젊어서 무엇을 하였든
젊어서 얼마나 공부를 하였든

젊어서 얼마나 예뻤든
젊어서 얼마나 돈을 벌었든
아무도 관심이 없다

먼지 맞고 비 맞으면서
모두들 하향 평준화되어 모였다.

불명예 같은 목숨, 살아서도 죽은 목숨

보도 블록에 다닥다닥 붙어 있거나
벤치에서 꾀죄죄하게 웅크리고 있다
늙으면 모두 거지다

누가 장수를 빌었던가. 어리석은 자여!
차라리 요절한 친구의 젊음이 못내 부러운
흰머리 희끗희끗 구겨진 모자 덮어쓴 동지여!

소년은 어디 가고
죄지은 사람처럼 남았는가
원죄(原罪)가 아니라 마지막 죄로다

그대 때문에 도시마저 슬프다
천국의 영생조차 비린내난다
영생 기도마저 넌덜머리난다

생목숨 버리지도 못하고
구차하게 살아가는 비둘기
먼지 낀 이슬비, 빛 바랜 단풍

땅거미 지면 어디론가 뿔뿔이 사라졌다가
햇살 들면 어디선가 돌연 휴지처럼 나타나
줄줄이 늘어서 오직 희망인 점심을 얻어먹는다네

하루살이 인간 철새들, 잊혀진 쓰레기들
늙으면 모두 거지다
비둘기라도 많으면 지천이다

바람의 여자

그녀는 표범처럼 날아들어

날렵하게 안락의자로 변했네

난 그만 캥거루 새끼가 되었네

폭풍우와 번개가 지나고

호박이 주렁주렁 열린 것 같더니

난 그만 동굴 속에 갇혔네

촛불을 들고 밤새도록 어둠을 헤매다가

지쳐 잠들었네, 소년처럼.

새벽에, 그녀는

대치처럼 몸을 길게 늘어뜨리더니

문 밑으로 빠져나갔네

그녀는 단 한 마디도 않았네

그녀는 잘 난 체도 않았네

그녀는 슬퍼하지도 않았네

나그네의 절친한 말없는 하루 밤 친구

그러한 그녀가 온 종일 생각나네

편지도 쓸 길이 없는 그녀……

성녀도 아닌 그녀를 난 잊지 못하네
그녀는 적선하고 돌아갔네 홀연히
생명인 줄도 모르고 생명을 떨어뜨리고
그녀는 슬픔이니 희생이니 하는
값비싼 말은 몰랐네.

바람난 꽃

제2부

바람난 꽃
-나의 의미

나는 없다

원효대사가 되기도 전에

요석공주는 없다

나는 꽃이 되기도 전에

바람이 되었고

그만

꽃의 향기가 되어버렸다

씨방도 익기 전에

나의 의미를 날려보냈다

바람난 누이동생의 치맛자락처럼

소문만 나버린

포장의, 포장의, 포장의 세상

까도, 까도, 까도 끝이 없는

양파껍질의 코가 찡한 세상

이름의 안팎을

비린내를 풍기며 쏜살같이

사라지는 꽃들

냄새만 자욱하다

난

너의 거짓의 의미가 되어

꽃으로 피자마자 떨어진다

가장 가벼운 것의

가장 무거운 침잠이다

바람아 바람아

꽃아 꽃아

나를 잡아 다오

나를 잡아 다오

"나, x세대 나를 알 수 있는 건 오직 나"

(아모레 트윈엑스)

바람난 꽃 2
-나의 비상

나는 없는 것도 아니다

원효대사도 될 필요도 없다

요석공주도 될 필요도 없다

나는 생겨난 그 자리에 꽂혀있다

나는 바람이 되기 전에

꽃이 되었고 그만

구석진 벽에 거꾸로 매달린 드라이플라워

온 몸이 탈수되면서도

무거운 모가지가 먼저 부러지지 말라고

우리 아가씨는

내 몸을 고르게 건조시키는 기술자

온 몸이 타 들어가는

입술의, 입술의, 입술의 그것

뿌리까지 흔들어 주는

빨아도, 빨아도, 빨아도 끝이 없는

입과 코로 살아가는 순진한 세상

머리에서 발끝까지

발끝에서 머리까지

한 곳으로 집중되는

하나가 되는 꽃들

신음소리만이 자욱하다

난

거짓이라 함으로써 진실로 살아나

꽃의 이름도 모르는 채 날아간다

가장 무거운 것의

가장 가벼운 비상이다

우리 아가씨야

우리 아가씨야

나를 잡아다오

나를 잡아다오

"진실이는 진실만을 사랑해요"(세탁기)

바람난 꽃 3
-사랑의 만남

나도 없다 너도 없다

원효대사와 요석공주는

원래부터 없었다

꽃은 원래 바람이었고

바람은 원래 꽃이었다

이제

향기도 날아가고

거짓으로 설익은 몸은

의미마저 뿌리친다

바람은 사라질 때라도 바람을

완전히 없애버리지 않고

꽃은 질 때라도 꽃의

향기를 완전히 날리지 않는다

우리는 몸으로 말하지

말은 몸의 시녀

러브호텔로 가는 길은

도약, 비약, 비상, 낙하, 잠수의 멀리뛰기

사랑은 섹스

그것은

만날 때 깊어서 끈끈하고

헤어질 때 얕아서 상큼하지

몸이 말할 때까지 기다리는 우리는

쌍놈의 본색을 타고난 족속

본색을 드러냄은

시원함

가벼움

깨끗함

이것은 이별의 삼위일체

깡패가 스님 되고

작부가 스님 되는

도사(道師)의 나라에

바람은 끝이 없지

만날 때 이별을 준비하고

헤어질 때 만남을 준비하는

아슬아슬한 곡예의 매일 매일

그녀는 말하지 입이 아닌 그것으로

그는 말하지 입이 아닌 그것으로

그녀는 몸으로 생각하지

그는 몸으로 생각하지

말하는 것보다 자유스러운 키스, 포옹

그리고 그것

꽃이 만개할 때는 여관방이지만

꽃이 지는 때는 황량한 들판

"사랑해요, 사랑해요"하면서 달아나는

우리는 바람난 꽃, 그리고 씨방……

바람난 꽃 4
-유혹

바람은 돌이다

바람은 꽃이 아니다

바람은 씨방이 아니다

바람은 향기도 아니다

바람은 돌에 새겨진 부호다

바람은 부호에서 핀 꽃이다

바람은 꽃에서 핀 살내음새다

바람은 살내음새에서 날리는 눈발이다

서릿발같은 바람은 언제나 여름의 정열을 결빙하고

얼음 속에서 미이라를 떠올리고 그 미이라의 숫처녀를

벗기고 핥고 깨물고 할퀴고 쳐박고 굴리고 아우성치게

했다

꽃은 바람 앞에서 동물시절의 추억을 회복했다

꽃은 바람 앞에서 무릎 꿇고 애원했다

꽃은 바람의 향기에 중독되었다

꽃은 바람의 입술에 한숨쉬었다

꽃은 바람의 콧김에 녹았다

꽃은 바람의 이빨에 떨었다
꽃은 바람의 꿈속에서
꽃은 바람의 바람의
알맹이에 "같이 죽자"고
매달렸다.

바람난 꽃 5
-혼란

이제 꽃과 바람은

몸이다

몸조심하라고, 몸조심하라고

어머니는 말씀하셨지만

몸은 허수아비다

가장 목청 높여 영혼을 파는 허수아비다

꽃들은 혓바닥의 말의 포도가 되어

바람을 더욱 세차게 몰아오고

옷자락을 하늘 끝까지 날리면서

바람의 노래를 부르네 이제 몸은

거짓의, 거짓의, 거짓의 꽃과 바람

돌 같은 몸은 밤마다 더욱 무거워

만삭의 몸으로 입 덧과 함께 아침을 맞지만

이부자리엔 비늘만 가득하고

허물벗은 배암은 없네

배암은 하늘로 갔나, 땅으로 꺼졌나

썩은 이빨과 잘게 썰어진 머리카락을

남기고 홀연히 사라졌네
이 사람 저 사람 모두가 닮은꼴이네
여자도 남자도 모두가 닮은꼴이네
다리 사이의 머리
입 속의 엄지손가락
발가락 사이의 혓바닥
입 속의 입
눈 속의 눈
모두가 뒤를 보지 않고 돌아서네
집으로 돌아갈 때는 언제나
상쾌한 콧노래로 아스팔트를 박차네
가벼운 걸음으로 핸들을 돌리네

바람난 꽃 6
- 환락

바람은 언제나 흔적을 남기지 않는다

바람 앞에서는 그 무엇도 남지 않는다

꽃들도 꽃잎을 지레 떨어뜨린다

바람은 꽃들이 한창일 때 시샘을 하고

5월의 장미도 비바람에 목을 늘어뜨리네

화려해서 떨어짐이 더 처참한 바람의 꽃

립스틱을 바른 꽃들은 삐삐를 치고

엉덩이가 여물기도 전에 흔들어대고

베짱이 소리에 밤새는 줄 모른다

살갗들의 마찰은 꽃을 피우고

연기를 피우고 아수라가 되고

사육제의 밤거리 문전걸식에도 태연하다

입도선매(立稻先賣)하는 꽃들의 경매시장

씨방이 누구의 것인가에 초연하다

밤마다 다시 태어나는 꽃들은 이제

어떠한 바람에도 흔들리지 않고

오히려 회오리바람을 반긴다

한 건 하더라도 값이 높다고
꽃들은 손을 들고 아우성이다
저요, 저요! 밤거리에 더 바쁘다
네온사인의 꽃, 비누방울의 꽃
처녀 무덤의 전설은 빈 메아리로
포도 위를 쓸어가고 자신만만한
삐삐 처녀들, 삐삐의 꽃들
여관이나 호텔 앞을 서성거리며
'인생은 나그네'라고 뻐긴다
요석공주도 되기 전에 집나가
임신도 하기 전에 입덧부터 한다
허벅지까지 올라간 미니스커트에
토플리스 차림으로 풍선처럼
부풀은 젖가슴을 치켜올리네
대머리 중년사내의 파트너가
꿈이라고 너도나도 아우성이네
이름도 없는 꽃들은 쉬 실종한다
가장 가벼운 것의 무거운 죽음이다
최신 프랑스제 슈우트 차림에
슈미즈의, 브레지어의, 거들의 그것
거기에 바람만 분다

끝없는 바람이 분다

바람난 꽃 7
-사색

꽃들은 언제나 떨어질 준비가 되어 있었다.

꽃들은 언제나 망가질 준비가 되어 있었다.

꽃들은 언제나 절벽에 낙하의 배수진을 치고

키스를 하고 사내를 만나고

씨방을 미리 절단한 채 바람만을 채웠다.

타락은 지상의 가장 맛있는 열매

몸이 베푸는 가장 적나라한 모습

꽃들은 언제나 떨어지기 위해 빛을 발하고

꽃들의 떨어짐은 열매를 기약한다. 꽃들은

때때로 씨빙을 질단할 칼을 품고 다니면서

자정의 네거리를 활보하고 다녔다.

"나는 죽는다"고 외쳐대는 슬픈 자해공갈단(自害恐喝團)

"삶이 별거 아니다"고 소리치는 망나니 철학자들

바람은 시작도 없이 분다

바람은 방향도 없이 분다

바람은 끝 간 데를 모르고 분다

바람은 바람에 의해 밀려가면서

바람은 바람을 낳고

꽃들은 꽃을 낳는다.

꽃의 핵분열은 아름답지

바람꽃은 핵꽃

핵꽃은 태풍의 눈

사방을 쓸고도, 쓸고도 남아나는 중심

은둔한 중심

바늘 끝 같은 중심

주변만 최대로 확대되어 가는 중심

그 중심에 선 자들이 맛보는

바람난 꽃의 정체들

그 꽃들의 옆에는 도사들이 있다.

그 꽃들의 옆에는 도사들이 있다.

가장 타락한 선녀들이 머무르는 바람

가장 타락한 선녀들이 머무르는 꽃

하늘 끝에서 부는 바람은

언제나 먼저 떨어질 준비가 되어있다.

언제나 시샘을 하고 헤어질 준비가 되어있다.

바람난 꽃 8
-목마른 영혼

바람은 한 사람에게 정을 주지 못한다

바람은 한 사람에게 정을 받지도 못한다

바람은 언제나 바람만을 보고

바람은 언제나 바람만을 의심한다

바람은 그러니까 그 자리에 안주하질 못하고

언제나 소리를 내야 안심하는 악기처럼

웅웅거리며 모든 사람의 연인이 되고자 한다

정작 모든 사람의 연인이 되지 못하면서

마치 하루살이 연습부부처럼 잠자리에 든다

잠자리엔 이름 모를 다른 꽃들이 어지럽게

흩어져 있고 머리맡엔 목마름을 기다리는

하얀 물그릇 하나

그 주위엔 검은 바람이 돌고 머지않아

회오리를 타고자 하는 목마른 영혼들

그러나 바람은 바람을 믿을 수밖에 없다

하늘에 닿은 신목(神木)은 빽빽하건만

소나기 피하듯 비상(飛翔)을 피하네

너의 머리결은 언제나 바람을 몰고 날리고

너의 치마는 언제나 바람을 품고 부푼다

너의 눈동자는 과녁을 겨냥한 화살처럼

빛나면서 동시에 과녁이 된다.

너의 키스는 장소를 불문하지만

언제나 깊고 따뜻하다

그래서 바람에 중심을 싣는다

너의 윙크는 사람을 불문하지만

언제나 상큼하고 신명을 올린다

바람난 꽃의 우물은 깊고 그윽하다

그래서 바람의 계속된 시샘에도

끄떡도 않고 바람을 스스로 녹여 꽃가루를 만든다

꽃가루는 머지않아 꿀이 된다.

꿈에서 부는 바람은 잠꼬대를 하지만

새벽엔 사내의 품을 찾고

사내의 콧내음이 아니면

꽃은 잠을 깨지 않는다

바람은 정을 떼지 못한다

바람은 정을 재물로 바친다

잠옷도 없이 바람은 밤을 쏘다니고

립스틱을 바를 시간도 없이 쏘다닌다

머플러를 날리며 밤을 묻는 꽃들은

밤의, 밤의, 밤의 향기를 목마르게 기다린다

바람의 꽃들은 말의 꽃과 달리

허물 것도 없고 형체도 없이

향기만을 탐한다

향기엔 형체가 없다

향기엔 색깔이 없다

향기엔 회상도 없다

향기엔 예언도 없다

향기는 오직 즉석에서 코를 대는

찰나의 불꽃뿐이다

사물은 더 이상 말의 다리를 거치지 않고

바로 온 몸으로 달려들고

그 향기에 질식할 것 같은 나날들

입으로 뱉어내는 말들은 창조의 이름으로

의미를 주면 사물들은 살아나고

의미를 빼앗으면 사물들은 죽듯이

무의미와 의미 사이의 이삭을 줍는다

오! 빛나는 허무여!

태양 같은 허무여

금강석 같은 허무여

그것이 신목(神木)의 검푸른 잎을 드리우면

그 그늘아래 잠들고 싶다

바람난 꽃들은 하체가 좋던 날을 회상하며

꽃들로 피어오른 정점을 낭비하려 몸부림친다

"누가 나를 데려 갈 사람이 없나요"

"누가 나를 데려 갈 바람은 없나요"

바람은 만인의 연인

바람은 만인의 질투

바람은 만인의 통로

바람은 만인의 미래

바람난 꽃 9
-실연

꽃들이 뭇 사내와 잠은

바람의 탓이다

바람의 중매요

바람의 시샘이요 바람의 계략이다

어떤 나비나 벌들도

기억되지 않고

어떤 잠자리도 기억에 남지 못한다.

아무리 거칠고 깊숙한 섹스도

담배연기 한 모금으로 날아가 버리면

꽃들은 슈비즈 자림으로

첫날밤을 곱씹는다

그것도 추억으로서가 아니라 오늘의

술안주처럼 자근자근

뱉어버리고 만다. 외과 병동의

4개 월짜리 태아의 적출물(摘出物)과 나란히

거리의 하수구에 나둥그러진 처녀성들

밤마다 쌓이는 그런 꽃의 시든 이파리를 보면

냄새가 코를 쥐어뜯는다.

사내들은 언제나 기다린다

꽃의 입구에서

꽃의 숨소리를 듣느라

사내들은 휘파람을 분다

꽃의 자궁을 향하여

꽃의 냄새를 맡는다.

바람이 만든 꽃들은 언제나

바람을 닮고,

바람을 닮은 꽃들은

다시 바람을 낳는다

모든 남자가 허위였다는 것을

모든 여자가 허위였다는 것을 바람은 안다

바람에서 마구잡이 쏟아지는 꽃들은

씨방도 없이 자궁을 벌리고

마치 거대한 생산의 여신

할머니의 5남 5녀를 비웃는다

어머니는 1남 1녀

나는 1녀 또는 1남

꽃들의 아들딸들은

이제 제로의 시대

무성생식(無性生殖)이 아니라

유성무식(有性無殖)의 시대

바람만 풍기고 자식은 없는

절규만 있고 메아리는 없는

어머니가 되려 하지 않는 꽃들

꽃들은 철저히 이름을 남기지 않고

꽃들은 그들의 몸을 탕진하면서

지상에 몸을 한 점이라도 남기길 거부했다.

삐삐만 찬 채 사라져간 이름을

바람도 알지 못했다.

이제 바람은 찾지 마라

이제 꽃들도 찾지 마라

바람은 꽃을 지우고

꽃은 바람을 지운다

자식을 위한 성은 이제 없다

남자를 위한 성은 이제 없다

오직 꽃 그 자체만을 위한 꽃들의

마스터베이션

무(無)를 향한 긴 행렬

주색잡기로 탕진한 우리들의

몸, 몸, 몸⋯⋯

바람난 꽃10

-정열

바람, 너는 참으로 정직하다

바람, 너는 참으로 진지하다

어느 곳에도 사로잡히지 않고

어떠한 명상도 무게를 싣지 않고

모든 꽃잎 속을 드나들면서

열기로

노래로

환희로

절정의 죽음으로

어디론가 사라진다.

사라지는 것에 가장 깊숙이 다가간

너, 지극한 아름다움이여

그렇게 가볍게 사라지듯

어느 날 불현듯 다가와

입김으로

콧김으로

감촉으로

절정의 삶으로

투명한 몸의 빛을 세우리

무너지려고, 무너지려고

달아나는 감미로움이여

어디로 간들

어디로 간들

가벼운, 빛나는 영혼을 감추지 못하네

바람은 태양을 품고

바람은 태풍을 품고

바람은 너를, 너를 품고 달아난다.

너의 가슴만큼 부드러운 것도 없지

너의 가슴만큼 커져 가는 것도 없지

대상에 따라 크기를 달리하는

허무한 듯한 존재

허무가 가장 즐기는 꽃

허무는 너의 불꽃

사라지기에 더욱 화려한 꽃

사라지기에 더욱 깔끔한 꽃

사라지기에 더욱 빛나는 꽃

떠오르는 태양을 품을 땐

바람은 더욱 힘차고

떨어지는 석양을 보낼 땐
바람은 더욱 애잔하다
변하고 싶은 존재들의 대변자
너의 온 몸은 구멍이 나있다.
그 구멍으로 모든 것이 달아난다.

바람난 꽃 Ⅱ
-꽃들의 허무

말이 되기 전 온몸의 기(氣)로 미리 알아채는

감수성의 너는

야수성의 너는

머리도 풀기 전에 하체로부터 감전이 오르고

몸의 중앙이 활화산처럼 솟구치면

시작도 되기 전에 울음을 터뜨리고

온몸의 기(氣)로 무수한 말을 생략하는

기생의 재치로

꽃잎의 호흡으로, 열기로

사내들을 호린다.

그러나 사내들은 너를 먹기도 전에

흐물거리며 스스로 그들의 몸을 잠재운다

기(氣)의 잔치는 언제나

기쁨과 슬픔을 오르내리고

바람 속에서 씨앗을 받고

바람 속에서 잉태를 하고

바람 속에서 울음을 터뜨리고

바람 속에서 웃고 마는
파문의 연속 위에
또아리를 트는 희열
가장 멀리 떨어진 이별이나
가장 죽음 가까이 간 이별을
끝내 영면하고 마는 이별을
위해서
우린 짐짓 이별연습을 하는 체하고
만나지 않기 위해
안으로, 안으로 서로를 새기고
"진작부터 이승의 만남은 연습이야"
라고 위로 받는다.
어떤 기분이라도 받아 줄
너의 말과
어떤 말이라도 받아 줄
나의 기분을
마치 소음이나 먼지가 가라앉듯
기다리는 냉혈한
"우린 이미 몸을 던졌다"고
돌아서는 꽃들
서로에게 탕진한 꽃들의

부르튼 입술과 피묻은 살점

밤마다 동굴 속에서 울부짖는

맹수를 닮은 신인간종

바람은 때때로 피냄새, 살냄새를

피우겠지만

바람의 투명한 감옥에서는

육체를 소모하기 위한 선(善)보다는

마음을 탕진하기 위한 이별이 낫지

그곳에선 아예

악(惡)의 이름이 없을 테니깐

내가 아는 건

불꽃일수록 허무하다는 것

빛깔 좋은 꽃일수록 쉬 져야한다는 사실

너의 이름이 그리고

나의 이름이

안개처럼 희미해져 가거나

수평선 너머의 메아리처럼

쪽빛, 그것으로 남아있을 때

우린 언제나 함께 있으리

자연 그대로의 얼굴과

자연 그대로의 말과

자연 그대로의 향기로

제자리에서 빛남을 위한

소나기 같은 이별 뒤엔

희뿌연 물보라

바람난 꽃12
-꽃들의 자각

바람난 꽃들은

새로운 바이블을 원하고

모든 책들을 꽃밭에 버린다

꽃들의 이름은 바람의 세례명을 받고

새로운 잉태를 위한 신음을 시작한다

그러한 신음을 지르는 동안

어떤 형태의 금기도 자유를 구속할 뿐

마음이 가는 데로 육신을 버려 두고

육신이 타는 데로 마음을 소진시키고

몸의 독재를 떨치기 위해 방종을

비약(秘藥)으로 삼는다

꽃들은 저마다 혼자서 살고자 한다

꽃들은 저마다 혼자서 죽고자 한다

혼자서 울고자 한다.

혼자서 웃고자 한다

누가 그를 부르지 않아도 쓸쓸해하지 않고

누가 그를 꾸미지 않아도 담담하게 걷는다

그리고 맑은 표정과 눈동자로 아침 잠자리에서 일어나

산뜻한 걸음으로 묘지를 향한다

목적은 없지만 목적에 안달하지 않고

길을 가지만 길에 매이지 않고

언제나 바람의 아들, 딸로서

바람 속에 숨는다

바람의 중앙에는 바람이 없다

바람의 중앙에는 안심입명이 있다

바람의 중앙에는 바람꽃만이 있다

바람꽃은 순식간에 새끼꽃들을 퍼뜨리고

그 꽃들은 온 몸의 세포, 세포로 자리잡는다

세포는 바람을 이야기하고 바람은 세포를 만들고

바람은 꽃으로 자라 끝내 꿀주머니를 단다

행여나 누가 먹을까 하여

씨방의 깊숙한 곳에 꿀을 담는다

꿀이 무거운 꽃들은 저마다 아픔을 참지만

아픔은 존재의 가장 해묵은 열매

그 맛을 알면 누구나 바람을 알고

그 맛을 알면 누구나 바람을 꿈꾼다

달콤한 바람

향긋한 바람

때로는 씁쓸하지만

씁쓸해서 더욱 달콤한

바람의 메시지, 예언, 묵시록

바람의 연주법은 산천을 휘젓는

기기묘묘한

음색과 강약 고저 장단의

대 파노라마,

금강산

남해안의 리아스식 해안의

톱악기의 바람잡는 신비스런 소리

남해안의 침묵하는 섬들

그 점, 점, 점

한반도 전역의 붕붕거리는 벌떼들

호흡을 끊는 절벽의 바람

육지의 끝 땅끝마을

섬의 끝 마라도

동해의 끝 독도

서해의 끝 백령도

바람의 아들, 딸들은

주유천하(周遊天下)하는 대륙의 씨방을 만든다

바람의 중앙, 진공의 협곡에서

태풍을 이고 달음질쳤다

바람난 꽃 13
-꽃의 종착역

바람이 온 몸의 향기를 부른다

바람이 본시 꽃이라는 사실을 알 때

도(道)는 제자리를 찾는다

도의

도에 의한

도를 위한 기꺼움의 연속

숨을 쉴 때마다 사방의 보이지 않는 꽃들은

손을 흔들고 환호하면서 춤을 춘다

코끝에서 춤을 추는 우주는 바람의 사촌

비람온 바림의 바림을 부르고

바람은 흙의 바람을 부르고

흙은 바람을 보듬는다

흙의 꽃, 바람의 꽃

바람의 도는 다시

나무로 숲으로 꽃으로 부활하고

공기의 꿀을 만들며

한없이 소리를 메아리치게 한다

숨을 들이쉬고 내쉬듯

도는 돌고 돈다

암술은 암내를 풍기고

수술은 숫내를 풍긴다

도의 꽃잎은 찬란하게 태양을 수놓고

별들을 숨기고 달을 품는다

모든 게 한자리에서 숨쉬고

모든 게 한자리에서 만난다

숨을 쉬면서 언제나 자족하면

무욕이란 숨 자체

무상이란 숨 자체

중도(中道)란 숨 자체

너를 위하여 내가 할 수 있는 일이란

바람, 바람, 바람

바람의 원점을 따라가며 태양을 숨기고

바람의 종점을 바라보며 사라질 것을 축복하는 일

바람이 상쾌한 날

우리는 바람의 자식이 된다

그리고 우리의 선조들의 내음을 맡으며

하나가 된다

하나가 되는 것은

바람을 추앙하는 축제

바람의 왕관

바람의 햇빛

바람의 환희

바람은 끝없이 사람들을 불러온다

시작도 끝도 없이 불어온다

시작하는 자가 끝을 보고

끝을 보는 자가 시작을 하며 맴돈다

나그네의 소박한 꿈을 위해

바람은 살끝을 간지르고

그 애무가 진동하는 끝에

세상은 점이어도 좋고

세상은 커다란 원이어도 좋다

죽어도 좋고 살아도 좋다

바람은 어디로 가는 지 몰라

더욱 향기롭다

쓸쓸한 향기가 가는 길은

쓸쓸한 향기가 머무르는 곳은

바람의 도(道)이다.

꽃들은 도의 씨방에 있다

도는 꽃들에 둘러싸여 있다

모든 바람꽃은 연꽃이 되었다

꽃들은 생명의 염불

염불로 피는 꽃은 바람꽃

그 꽃의 향기는 누구에게나 열려있다

누구나

아무렇게나 먹어도

보살 하나는 낳는다

사방에서 꽃들은 날아들고

꽃들은 사방으로 달아난다

어떤 천체의 운행과도 같이

냄새를 피운다

냄새만이 자라나는

우리들의 꽃밭

언제나 바람이 납치하듯 웅웅거리고

꽃들은 아우성친다

나를 데려 가세요

나를 데려 가세요

바람난 꽃14
-승천

원효대사는 요석공주의 투정을

바람에 날려보낸다

요석공주는 원효대사의 염불을 흉내낸다

나무아미 타불 관세음보살

나무아미 타불 관세음보살

꽃들은 법당에 난분하고

분향내가 법당을 진동하고

아침 햇살은 코에서 꿀맛이다.

저녁 낙조는 눈에다 꽃을 담는다

바람도 잠을 자고

바람도 숨을 죽이고

바람도 염불하고

바람도 투정하고

바람도 바위처럼 한 곳에 정지한다.

바람도 칼처럼 한 곳에 꽂힌다

바람도 탈을 벗고 해맑은 얼굴을 뽐낸다

바람도 바위에 새긴 글을 지운다

원효대사는 요석공주의 투정 때문에

이승에 인연줄을 대고 있다

원효대사는 요석공주의 실수 때문에

설총을 낳았다

요석공주는 낙태를 하지 않았다

본래 여인은 낙태를 못하는 족속이었다

그런데 바람은 2천 년을 거슬러

요석공주는 낙태를 할지도 모르겠다

요석공주는 낙태를 하느니 원효대사를

버릴 것이다 버릴지 모르겠다

이제 원효대사와 요석공주의 냄새뿐이다

냄새만이 오로지 살아있다

냄새만이 유일한 증거이다

냄새만이 역사를 이긴다

냄새만이 입맛을 돋군다

냄새만이 살맛을 돋군다

냄새만이 오로지 님을 찾게 한다

냄새만이 오로지 님의 것이다

냄새만이 오로지 통하는 것이다

냄새만이 우주를 진동할 수 있다

향기여 너의 창자도 이슬이다

향기여 너의 머리엔 연꽃왕관이 찬란하다

마녀 –서양화가 심형철(沈英喆) 전시회를 보고

제3부

마녀 1
   -서양화가 심영철(沈英喆)전시회를 보고

그녀는 할로겐 빛을 먹으며 살아나는

신종(新種) 영상생명

천사가 날개를 펴면 더욱 날뛰는

지상의 새로운 지배자

내장의 컴퓨터 칩 속에 음모를 감추고

신목(神木)들의 수런거림 속에 귀신들이 출몰하고

오색찬란한 빛의 음악

소리의 조각은 우리를 현혹한다

남산 국사당 무당보다 더 현란한 옷차림으로

치렁치렁한 머리단과 음산한 눈매로

영매(靈媒)를 품어냈다

그녀의 기름진 육체는 푸닥거리로 빛나고

미끈미끈한 땀과 기름으로

금속성의 육체는 지옥을 보여줄 것이다

"지옥은 결코 무섭지 않다"고

"가장 살만한 우리의 집"이라고

그녀의 입맞춤으로 인해

지상의 색은 더욱 가벼워지고

흑(黑)이 아니라

백(白)으로 눈부시게 성장했다.

마녀 2

하데스의 궁전에서 날아온

화려한 장신구와 가구들이

수평으로 수직으로

원과 네모와 각으로 어지러운

전자정원

그녀의 오랜 꿈은

죄다 지상으로 옮겨져

이제 더 이상 죽을 필요가 없게 됐다

유령들의 새로운 숲

빛의 교향악, 색의 카니발

어정판의 스산한 광풍이

어깨를 짓누르고 접촉함으로서 살아나는

생명의 긴 릴레이 행렬들

전자프로그램의 삭막한 중용(中庸)

삶과 죽음의 세트놀이

하늘에 대항하던 천사장의

빛과 그림자의 얼굴들

해골들

포르노들
무당들
전자사슴, 전자낙타들
전기만 나가면 싸늘한 시체들로 변해
어둠의 절벽 뒤로 숨었다

마녀 3

그녀의 손만 대면

포르노 한 세트는 신나게 팔렸다

이놈도 만져보고 저놈도 눈요기하고

"나를 만져주세요(touch me)"

"그러면 당신은 포르노나라를 여행할 수 있습니다"

그러면 빗자루만 타면 언제나

그녀의 집에서 그 짓을 할 수 있었다.

볼 수 있었다

꿈꿀 수 있었다

느낌으로 숨막히는 아프로디테

빛에서 태어난 새로운 마녀들은

그 옛날보다

더 빠르게 더 가볍게

죄의식이 스며들 여유도 없어

좋았다. 기분이 좋았다(feeling so good)

마녀 4

거대한 톱니바퀴의 거인은
은하수를 가슴에 품고
눈을 뜨고 감을 때마다
별자리를 꺼내 놓았다
이건 오리온
이건 카시오페아
이건 태양신 헬라
쇠 덩어리의 적막 안에서
우주는 그들의 눈과
광섬유의 실핏줄들을 다시 그리고 있었다
전자파의 무희들은 마냥
춤과 노래로 복락(復樂)을 선전했다
"마녀의 나라는 즐겁다"
"마녀의 나라는 가볍다"
"생명은 지금, 바로 여기"라고

마녀 5

십자가의 왕관을 쓴

시계들의 척추가 앙상하고

우리들의 시대에

주문도 잊은 지팡이가 힘없이

어깨뼈에 걸쳐있다

청동기와 철기(copper, steel)의 운동 치고

너무도 맥빠진 돈키호테

햄릿의 사색도 비웃지 못하는

기가 빠진 행동주의자

그들은 주문에 걸려

이름 모를 곤충처럼 울지도 못했다

마녀 6

십자가는 칸막이에서

마치 번데기처럼 하얀 고치 속에 숨어 있다

나방에서

번데기로 있기까지

그 천로역정(天路歷程)이 힘겨워

마녀의 지팡이의 주문만 기다렸다

아르곤 불빛, 네온 불빛의

음향 속에 그가 되살아나면

세상은 바뀐다

아르곤 불빛아래 바이블은

그들이 흘릴 피의 바다에 놀라

죽음 뒤의 환영을 본다

그들의 떨어진 팔, 떨어진 다리

잘라진 모가지를

마녀 7

바이블은 무엇을 타고
공중으로 솟아올라
마법의 양탄자가 되어
기적의 메시지를 남기는가
새의 메시지인가
휴지의 메시지인가
돌 속의 시간들은
빛을 받아 부활한다
양초들과 더불어 신이 오고
"거울의 집"에서 신은 복제된다
민다라, 오! 신의 음향이여!

마녀 8

내 납덩이를 쉬게 하는 것도

그대라면

내 깃털을 지상에

매어두는 것도 그대

밤의 푸른 비늘사이로 내 호흡이

멈추면 언제나

형광을 켜고

밤은 마리아의 머리맡에서

숨을 죽였다

나를 유혹하던 정열로

또 다른 나를 떠나보내듯이

눈빛들의 만남은 소리를 잊은 채

심장만을 헤쳐놓고 기도할 뿐

애매한 문(門)들만 열어제치는

음산한 바람의 분노

하늘에선 어떤 복음도 준비됨이 없이

그녀와 나의 결단을 요구했다

비수로 바람을 가르던가

입술로 그녀의 온 몸에

입맞춤의 향유를 바르던가

회오리바람을 타고 굴뚝 주위에 서린

태고의 연기의 비밀을 캐던가

그녀와 나의 추적은 시작됐다

그런 비밀의 밤은 언제나

대낮에 눈뜨면 부질없는

탐정들의 직업병이었다

"도대체 범행의 원인은 무얼까"

그대는 언제나 현재를 죽이고

우리의 느낌을 산산이 조각 냈다

| 청 | 계 | 천 |

2004년 7월 01일 초판인쇄
2004년 7월 10일 초판발행
지은이:박 정 진
펴낸이:이 혜 숙
펴낸곳:도서출판 신세림
100-015 서울특별시 중구 충무로5가 19-9 부성B/D 702호
등록일:1991. 12. 24
등록번호:제2-1298호
전화:02-2264-1972
팩스:02-2264-1973
E-mail:shinselim@chollian.net

정가 8,000원

ISBN 89-5800-020-1, 03810